푸른
시인선
009

누군가를 사랑하면 일생 섬이 된다

신웅순 시집

푸른시인선 009

누군가를 사랑하면 일생 섬이 된다

초판 발행 · 2008년 3월 20일 | 2판 발행 · 2017년 6월 15일

지은이 · 신웅순
펴낸이 · 한봉숙
펴낸곳 · 푸른사상사

편집 · 지순이, 홍은표 | 교정 · 김수란
등록 · 1999년 7월 8일 제2-2876호
주소 · 경기도 파주시 회동길 337-16(서패동 470-6)
대표전화 · 031) 955-9111(2) | 팩시밀리 · 031) 955-9114
이메일 · prun21c@hanmail.net
홈페이지 · http://www.prun21c.com

ⓒ 신웅순, 2017

ISBN 979-11-308-1103-1 03810
값 8,800원

누군가를 사랑하면 일생 섬이 된다

걸어서 왔다

사람은 누구나 가슴에 뜬 지지 않는 달이 있다. 나에게도 그런 애틋한 연인이 있었다.

강이 있어 꽃은 붉게 피고 산이 있어 꽃은 붉게 타는 것이다.

그리운 사람이 있어 꽃은 붉게 지는 것이다. 이것이 인생이 아닌가.

어딘가에 놓고 온 세월, 부치지 못한 엽서들이고 강가에 혼자 있을 것 같은 눈썹 젖은 사랑이다. 제일 외로운 곳에 놓여 있는 빈 잔이다.

정년이다.

긴 여정을 걸어왔다.

예까지 온 것만도 나에겐 커다란 행운이고 축복이다. 참으로 고맙고 고맙다.

비가 내리지 않는데도 가슴 한 켠이 흥건히도 젖는다.

그리운 사람이었고 서러운 사람이었다.

이 시집은 10년 전에 냈다.

절품이 되기도 했으나 독자들의 요구가 있어 다시 내게 되었다.

2017년 5월 매월헌에서
석야 신웅순 두손

제2부　**등불**

제3부 사색

제4부 빗방울

제5부 봄비

제
1
부

함
박
눈

내 사랑은 · 1

함박눈 때문에
인생은
굽을 틀고

늘 거기
섬이 있어
사랑은 출렁이나

울음이 섞인 내 나이
해당화로 터지고

내 사랑은 · 2

한 생애 따라온 비
갯벌은 흠뻑 젖고

세상 몇 번 돌아도
언제나 낯선 길들

사랑은
거센 눈보라
휘몰리는
빈 허공

내 사랑은 · 3

풀벌레
울음 섞인
한세상 앓고 난 후

그렇게도 퍼붓다가
함박눈은
떠났는데

술잔엔
저 하늘 말고
멀리 섬도 떠 있다

내 사랑은 · 4

밀려오는
파도를
세월 밖에
버리고서

불혹의
기슭에 와
서럽게도
출렁이는

산녘을
떠나지 못하고
굵어지는
이 빗방울

내 사랑은 · 5

첩첩 잠근
하얀 갈증
산 하나 앓고 있다

아침 햇살 산마루에
흰 구름 서성대는

사십의
터엉 빈 하늘
부욱
찢어가는 그대

내 사랑은 · 6

얼마를 감겨가야
얼마쯤이 풀리는가

우주에서
미움 되어
놓쳐버린
철새 울음

어딘지
지금도 몰라
가슴에선 달이 뜨고

내 사랑은 · 7

상처 받은
낱말들은
어디에
있는 걸까

강가를
걷다가
산모롱 막
지났을까

망초꽃
에굽은 길가
혼자 눈물
서성일까

내 사랑은 · 8

그리운 것들은
다
산 너머
있는데

파도도
거기 있고
바람도
거기 있고

빈 칸을
서성이던 빗방울
거기
없다네

내 사랑은 · 9

스산히
바람 불면
강을
건너고

우수수
낙엽 지면
산을
넘었었지

가슴에
달 뜨고부터는
결국 길
잃고 말았지

내 사랑은 · 10

가을비는
그 많은
편지
쓰고 갔고

가을바람은
그 많은
낙서
지우고 갔지

눈발은
이제사 그리운가
산 넘고
또 산 넘네

제 2 부

등불

내 사랑은 · 11

세찬
찬바람도
그곳에서
잦아들고

종일
눈발도
그곳에서
잦아드는

아늑한
가슴 한 켠에
등불
걸어둔 그대

내 사랑은 · 12

가슴에
일생
떠 있는
달인지 몰라

가슴에
일생
떠 있는
섬인지 몰라

그래서
하늘과 바다가
가슴에
있는지 몰라

내 사랑은 · 13

산너머
눈발인지
들녘의
달빛인지

그렇게
그리운 것들은
끝없이
바람 불고

그렇게
서러운 것들은
끝없이
출렁거리네

내 사랑은 · 14

그리움의
기슭은
너무나도
차갑다

졸지
않으려고
얼지
않으려고

물 가득
연못에 담고
밤마다
철석거린다

내 사랑은 · 15

아마도
저
수평선였는지
몰라

그래서
더욱 서럽고
그래서
더욱 절절한

한 척 배
세월의 끝에
매어 있는지
몰라

내 사랑은 · 16

눈물
많은 이가
한 번
다녀갔었지

나머진
물새가
저녁 끝까지
울었었고

내게는
그런 강가가
언제부턴가
있었지

내 사랑은 · 17

산을
넘지 못한
그 많은
눈발들은

깊은 밤
읽는 이 없는
기인
편지를 쓰고

빈 칸이
되어 떠나갔지
쉼표가
되어 떠나갔지

내 사랑은 · 18

행간에서
이별한
그 많은
빈 칸들

겨우내
산녘에서
억새들은
목이 쉬고

영원히
침묵한 창가를
흔드는
내 사랑

내 사랑은 · 19

강가에
혼자
왔다간
달빛일지 몰라

누구의
울음
남겨둔
등불일지 몰라

늦가을
그대 기슭에서
한잔하는
이 가을비

내 사랑은 · 20

제일
외로운 곳에
놓여 있는
빈 잔

그 바람 소리
듣는 이
아무도
없는 빈 잔

달빛이
가져가 제 눈물도
담을 수
없는 빈 잔

제
3
부

사
색

내 사랑은 · 21

그렇게
부딪치고도
소리 하나
남지 않고

그렇게
부서지고도
적막 하나
남지 않고

소리도
적막도 없는
그리운
그대 생각

내 사랑은 · 22

세상에
그리운 것
세상에
보고 싶은 것

다
생각과 만나
생각과
헤어지는데

지천명
끝에 와서는
등불은
늦도록 앓고

내 사랑은 · 23

기러기
울음 소리
그쯤에서
섞이고

그믐
새벽 달빛
그쯤에서
젖는다

인생의
어디쯤이 아프면
그렇게
되는 걸까

내 사랑은 · 24

비를
두고 왔지
바람을
두고 왔지

세월은
강가 저쪽에
혼자
있었고

봄비가
그친 저쪽엔
내 설움이
있었지

내 사랑은 · 25

눈 멀고
귀가 멀면
해 뜨고 달 뜨는가

그리움도
물빛 섞여
생각까지 적시는데

오늘은
영혼 끝자락
가을볕에 타고 있다

내 사랑은 · 26

스쳐간
생각들은
강물 되어 흘러간다

나머지는
빈 잔에 고여
뜨겁게도 울다가

늦겨울
찬비를 따라
어디론가 가고 있다

내 사랑은 · 27

언제나
하나는
참으로 멀고 멀다

늦게
만난 독백
추스르지도 못하고

며칠째
비가 내리는
지천명 더딘 걸음

내 사랑은 · 28

당신은
나에게
첫 기도 첫 눈물

빈 잔엔
낱말들이
잠 못 자고 있는데

달빛이
다녀간 밤엔
영혼마저 앓는구나

내 사랑은 · 29

언제나
눈발은
천리를
가는구나

언제나
별빛은
낭떠러지에
서 있구나

가지도
서지도 못하고
떨어지는
뺨 위의 눈물

내 사랑은 · 30

불빛은
무얼 하는지
밤새
켜져 있고

바람은
무얼 하는지
밤새
창을 흔든다

어둠은
무얼 하는지
밤새
문 기웃거리고

제 4 부

빗방울

내 사랑은 · 31

참으로
비가 많고
눈이 많고
사십에

참으로
산이 높고
강이 깊고
사십에

그 누가
맨 나중에 와
등불 하나
걸고 갔나

내 사랑은 · 32

태어날
때부터
철길이
생겼고

불혹을
넘어서는
간이역이
생겼지

이제는
망망대해의 섬
터엉 빈
대합실

내 사랑은 · 33

행간에는
강물이
그리 많이
흘러갔고

강과 산
닿지 않게
저어온
한 척 배

내 사랑
띄어쓰기 못 하고
빈 칸만
끌고 왔네

내 사랑은 · 34

강이 있어 꽃은 붉게 피는 것이다
산이 있어 꽃은 붉게 타는 것이다
그리운 사람이 있어 꽃은 붉게 지는 것이다

내 사랑은 · 35

나에겐
가을과
겨울만이
오고 갈 뿐

늦가을
바지랑대
낮달 하나
걸려 있네

수신이
되지 않는 날은
새가 되어
날아가고

내 사랑은 · 36

강은 흐르는 게 아니다 깊이 생각하는 것이다
바람은 부는 게 아니다 몹시 그리워하는 것이다
서 있는 게 아니다 산은 서럽게도 기다리는 것이다

내 사랑은 · 37

유난히
파도가 많아
참말로
서러운 사람

유난히
길이 많아
참말로
그리운 사람

그렇게
많은 빗방울
서성이던
그 사람

내 사랑은 · 38

봄비는
언제나
거기서
떠났었지

저녁 눈은
언제나
거기서
그쳤었지

오늘도
잠 못 이루는
먼 철길
간이역 불빛

내 사랑은 · 39

파도가
이는 날은
둥근 달이
떠올랐지

바람이
부는 날은
목선 하나
떴었지

그대가
보고 싶은 날은
동백 붉게
터졌었지

내 사랑은 · 40

강을
건너기 위해
산은
서 있고

산을
적시기 위해
강은
철석거린다

강물에
산이 빠질까
배 한 척
띄우는 강

제 5 부

봄비

내 사랑은 · 41

기어이
불혹 끝에서
파도가
이는구나

한마디
말도 못 하고
파도가
이는구나

그게 다
망초꽃인 줄
아는 이
하나 없구나

내 사랑은 · 42

바람은
눈과 비를
데려올 수
있지만

산 너머
그리움은
데려오지
못하네

그때에
불빛은 생겼고
그림자도
그때 생겼지

내 사랑은 · 43

철새는
쉴 자리 없어
하늘을
날아가고

눈발은
닿을 자리 없어
지상에서
녹는다

인생은
앉을 자리 없어
끝없이
바람 불고

내 사랑은 · 44

살아온 것은
꽃들이
피다 만
것들이고

나머지는
물새들이
울다 만
것들이다

강가에
혼자 있을 것 같은
눈썹 젖은
내 사랑

내 사랑은 · 45

참말로
서러운
사람은
파도가 없다

참말로
그리운
사람은
바람이 없다

그 많은
파도와 바람이
방파제에서
부서진 것이다

내 사랑은 · 46

세상에서
제일 멀 때
철새는
아득히 운다

울어도
별이
되지 않는
철새가 있다

끝없이
별이 되지 않는
그것은
그리움

내 사랑은 · 47

누군가를
사랑하면
일생
섬이 된다

유난히
파도가 많고
유난히
바람이 많은 섬

그래서
가슴에는 평생
등불이
걸려 있다

내 사랑은 · 48

그 많은
마침표가
어디에
있는지

간 밤의
나머지를
울어대는
뻐꾸기

오늘은
울음의 반을
그대에게
부치리

내 사랑은 · 49

지난 날엔
달빛이
창가를
다녀가더니

오늘은
영혼에까지
가을볕이
들어와

내 사랑
뜨겁게 적시곤
서럽게도
타는구나

내 사랑은 · 50

머언
세월일까
머언
기슭일까

못 부친
엽서 한 장
놓고 간
이는

봄비가
내리는 날이면
시가 되는
가슴 한 켠

작품해설

사랑의 숭고

박 은 선 | 문학평론가

1. 서론

시조(時調)는 우리 민족이 만든 고유의 단형 정형시의 하나이다. 우리의 전통적인 문학 양식 가운데 가장 오랫동안 많은 사람에 의해 창작·가창 되었다. 3장(章) 12구(句)로 이루어진 간결한 형식, 절제된 언어, 시상의 흐름을 알맞게 통제하면서도 개별적 변이를 소화해내는 서정 구조를 지니고 있다. 담백하고 따뜻하고 부드러운 미의식을 특징으로 한다.[1] 시조(時調)는 고려 말기[2]부터 발달해 내려온 한민족의 대표적인 정형

---

1 한국문학평론가협회, 『문학비평용어사전』(하), 국학자료원, 2006, 320쪽.

2 시조의 형성기라 할 수 있는 시기는, 고려 말에서부터 15세기 무렵에 연시조라는 새로운 형식이 등장하기 전까지이다. 형식적인 측면에 있어서는, 시조가 신흥사대부에 의하여 형성된 후, 여말(麗末)·

시여서 우리의 고유한 정서가 고스란히 담겨 있다.

　현대시조는 전통과 현대가 조화를 이룬 우리 민족 고유의 문학 형식으로 발전해왔다. 현대시조는 기승전결(起承轉結)이나 선경후정(先景後情)의 원리로만 존재하는 것이 아니라 때로는 더욱 창조적인 시적 추구를 모색해왔다. 시조의 현대성을 확보하려는 노력은 크게 두 가지로 나타난다. 첫째는 추상적이고 관념적인 내용에서 구체적이고 사실적인 현실 인식의 시선으로 서정성을 확대했다는 것이고, 둘째는 시조의 율격을 충분히 아우르면서 형식에 대한 다양한 변주와 실험적 의지가 왕성하게 표출되고 있는 현상을 들 수 있다.[3] 시조의 현대성 확보를 위한 이러한 노력의 중심에 신웅순[4]이 있다. 신웅

선초(鮮初)를 거치면서 단형시조로서 그 형식이 정제(整齊)되어 정형시로서 완전한 형식과 율격을 갖춤으로써, 시조가 형성·성장해나가던 시기라고 할 수 있다. 내용적으로는 고려에서 조선으로 왕조가 교체되었던 시대적 배경이 작품에 반영되고 있음을 알 수 있다. 고려시대 시조 작품의 경우에는 조선에 비해 상대적으로 유교 이념이 확고하게 자리 잡기 전이라는 것과 관련을 가지며 서정적이며 낭만적인 성향의 작품이 눈에 띄는 것이 특징이다. 아울러 왕조 교체기에 있어서는 고려의 멸망과 조선의 건국이라는 역사적 상황 속에서 그 희비가 교차되는 작품들과 회고를 주로 노래한 작품들을 확인할 수 있다. 김성문,「時調의 文體 硏究」, 중앙대학교 대학원 박사학위 논문, 2012, 215쪽.

3　이교삼,「현대시조의 형식 연구」, 고려대학교 대학원 석사학위 논문, 2007, 2쪽 참조.

4　신웅순(1951~) 충남 서천에서 태어났다. 대전고를 졸업하고 공주교대, 한남대에서 수학, 명지대 대학원에서 박사학위를 받았다. 1985년에 시조, 1995년에 평론으로 등단하였다. 시조 관련 학술 논문 50여 편, 학술서『한국 시조창작원리론』외 15권, 교양서『시조로 보는 우리 문화』외 3권이 있다. 시조집『황산벌의 닭울음』,『낮

순의 시적 추구는 정형의 규칙 속에서 자유시를 추구하는 것이 특징이다. 윤금초의 "시조는 곧 시이다. 형식만 정형을 따를 뿐이지 거기에 담는 내용은 오늘의 정서, 오늘의 삶의 이야기를 아우르는 현대시와 같다. 시조는 불완전한 정형시이다."[5]라는 견해에 닿아 있다.

신웅순은 시조 이론서, 시조집, 시조 평론집, 에세이 등 다작(多作)의 창작 활동을 의욕적으로 실천해나가고 있는 시인이다. 신웅순에 대한 기존의 연구들은 주로 현대시조의 이론적 체계를 정립한 학문에 대한 것과 시에 대한 것이 있다. 이광녕은 신웅순이 그의 저서 『현대시조시학』을 통해 시조창작론에 앞서 '시조시학(時調詩學)'이 선행되어야 함을 강조하였던 것에 주목하고 있다. "신웅순의 '시조시학'은 시조의 원리를 규명하는 학문이며 '시조 창작론'은 시조 창작을 위한 이론이다. 그는 이 연구서를 통하여 가곡과 시조창을 비교한 시조의 개념 정리와 함께 현대시조의 창작 원리를 시조시학의 입장에서 밀도 있게 제시하였다."[6]고 하였다. 이완형은 "신웅순 시인의 시에서 느끼는 동시적 감성은 일상성을 뛰어넘는 매

선 아내의 일기』, 『나의 살던 고향은』, 『누군가를 사랑하면 일생 섬이 된다』, 『어머니』가 있다. 평론집 『무한한 사유 그 절제 읽기』, 동화집 『할미꽃의 두 번째 전설』, 수상록 『겨울비가 내리다』, 『서천 촌놈 이야기』 등 10권의 창작집이 있다. 최근에 시조 시편과 이야기를 엮은 『연모지정』을 출간했다. 시조시인, 평론가, 서예가로 활동하고 있으며 현재 중부대 교수로 재직하고 있다.

5   윤금초, 『현대시조 쓰기』, 새문사, 2003, 27쪽.
6   이광녕, 「현대시조의 미의식 연구」, 세종대학교 대학원 박사학위 논문, 2010, 7쪽.

력을 지닌다. 동시는 동안, 동심과 일체를 이룰 때 그 효력은 배가된다. 동시적인 객관적 상관물로 시조의 영상을 빚어내면서도 단 한 번의 어색함이나 초라함을 드러내지 않는 것은 시인의 도저한 내성과 끈질긴 수련에서 비롯된 결과라 할 것이다."[7]라고 하였다. 나태주는 "신웅순 시인의 시조시는 연작시 형태를 취하면서 편편이 서로 다른 독립된 단형시조로 표현해내고 있음을 본다. 그것도 '어머니'란 단일 주제 안에 모든 시들을 수렴시키고 있다. 놀라운 일이고 대단한 일이다."[8]라고 하였다. 이상의 논의에서 신웅순의 시조 연구는 주로 시인의 시조의 이론적 체계와 창조 원리, 그리고 그의 자유시 형태의 순수한 시세계에 주목하고 있다.

본고는 기존의 연구를 참고로 하면서 신웅순 시인이 『누군가를 사랑하면 일생 섬이 된다』에 실린 시들을 종합적으로 고찰하며 시에 나타난 '숭고(sublime)'에 대하여 논의하고자 한다. 그의 시에는 '사랑'의 공포가 자아내는 두려움, 불편함, 마비, 고통의 의식이 있다. 이러한 시 의식 속에는 에로틱한 힘이 강력히 개입되기도 하고, '사랑'의 경험 속에서 초월 추구가 드러나기도 한다. 이처럼 신웅순의 시에 나타난 사랑의 특별한 위대함은 초월적 이념을 실천하는 '숭고'와 관련이 있다.

"숭고의 어원은 높이 혹은 높음(Höhe)이라는 원래의 의미에

---

7 이완형, 「내 사랑, 그 무한한 열림의 공간」, 『누군가를 사랑하면 일생 섬이 된다』, 푸른사상사, 2008, 84쪽.

8 나태주, 「또 다른 '자모사초'」, 신웅순, 『어머니』, 문경출판사, 2016, 91쪽.

서 전이되어 격정적으로 솟아오르는 영혼의 고양(die Erhöhung der pathetisch sich aufs chwingenden Seele)을 지칭하는 데 쓰였던 그리스어 'Hypsos'이다."[9] 그런데 '숭고'는 고대부터 현재에 이르기까지 지속적으로 논의되어 온 미학의 한 분야이다. 고대 미학의 주요 범주가 '비극'이라면 근대 미학의 주요 범주는 '숭고'이다. '숭고'는 그 중심 사상을 '투쟁과 승리', '고통과 쾌감', '투쟁을 통한 초월'에 두고 있다.[10] '숭고'에 대한 것은 롱기누스(Cassius Longinos)로부터 시작된다. 그는 문학의 숭고에 대해 "웅대한 것은 듣는 이들을 설득하는 것이 아니라 황홀하게 한다."[11]고 하였다. 버크(Edmund Burke)는 자기 보존과 사회성이 인간의 두 가지 본능이라고 제시한다. 이에 상응하는 감정이 고통과 쾌감이라고 하였다. 그래서 심리적 차원에서 숭고는 고통에서 유쾌한 감정(delight)으로 전이된 것으로 보았다. 그는 숭고의 원천을 주로 성질에 따라 분류했다. 숭고는 어둠, 힘, 거대함, 무한함, 고요함, 돌연함 등으로 구분했다.[12]

---

9   안성찬, 「숭고의 미학」, 서강대학교 대학원 박사학위 논문, 2000, 21 쪽. 특히 이 그리스어는 문학작품을 낭송할 때 느끼게 되는 정신적 고양과 감동을 뜻하였는데 고대 그리스에서의 문학적 체험은 오늘날처럼 독서라고 하는 간접적인 방식이 아니라 시인이나 낭송가가 광장이나 연회에 모인 청중에게 직접 음송하는 방식으로 이루어졌기 때문에 넓은 의미에서 이 용어는 문학의 창작에서 전달과 감상에 이르는 전 과정을 포괄한다.

10   장파(張法), 『동양과 서양, 그리고 미학』, 유중하 역, 푸른숲, 1999, 201쪽 참조.

11   롱기누스, 「숭고에 관하여」, 아리스토텔레스 외, 『시학』, 천정희 역, 문예출판사, 2002, 267쪽.

12   장파(張法), 앞의 책, 205~207쪽 참조.

76

그리고 칸트(Immanuel Kant)는 버크의 숭고에 대한 이론을 철학적 또는 심리학적으로 더욱 심화시켰는데 "숭고란 그것을 단지 생각할 수 있다는 것만으로도 감각기관의 모든 척도를 능가하는 어떤 마음의 능력이 있음을 증명하는 것이다."[13]고 하였다. 그는 숭고의 원천을 인간의 주체적인 실천 활동에서 찾고자 하였다. 브래들리(Francis Herbert Bradley)는 도덕적 힘을 숭고 객체의 특징으로 여겼다. 그는 인간 의지에 적대적인 것, 즉 좌절, 장애 두려움, 위협 같은 것도 미적 객체와 결합될 수 있다고 보았다. 자기 보존의 본능에서 벗어나려는 객관적인 미(美)로 인해 (인간을) 희열하도록 만든다고 하였다. 그는 "폭풍이 바로 이와 같다. 그 파괴성으로 인해 우리는 그것을 거부하지만, 다른 한편으로는 그 웅장한 힘에 매료된다."[14]고 하였다.

본고는 이상과 같은 '숭고'에 대한 담론을 참고하여 신웅순 시에 나타난 '숭고'를 고찰하고자 한다. 시집 한 권을 '사랑'의 연작으로 발표한 점을 고려하여 '사랑의 시학'으로 접근하려 한다.

2. 우연, 그 사랑의 숭고

신웅순은 자신의 저서 『서천 촌놈 이야기』에서 시조의 본질적 구성 원리, 혹은 보편적 진리 체계로서의 시조의 존립, 시조의 미학에 대한 견해를 다음과 같이 밝히고 있다.

---

13   임마누엘 칸트, 『판단력 비판』, 김상현 역, 책세상, 2006, 91쪽.
14   장파(張法), 앞의 책, 215~216쪽 참조.

시조는 12개의 돌로 단칼 승부를 내야 한다. 하고 싶은 말을 해버리면 시조는 결국 실패하게 된다. 세상을 살면서 말을 다 하고 살 수는 없다. 행간마다 하고 싶은 말을 숨겨두어야 한다. 어쩌면 시조가 우리가 살아온 세월과 닮았는지 모른다.[15]

이러한 진술에는 시는 정형성이 생명이므로 그 형식적인 틀을 벗어나지 않으면서 시의 창조와 변화를 끊임없이 추구해야 한다는 뜻이 들어 있다. 그래서 그 정형성의 여백 속에 시의 수많은 진리를 담아내야 하는 것이 시조의 본질이어야 한다는 것이다

그간의 신웅순의 시조는 자유시처럼 시로서 꾸준히 그 개성적 영역을 확장해 나가고 있다. 시의 의미 구조는 초, 중, 종장이 서로 밀접한 관계를 맺으며 하나의 주제를 전개하는 방식을 취하고 있다. 그는 시조『누군가를 사랑하면 일생 섬이 된다』에서 오직 사랑만을 이야기한다. 그가 발견한 사랑의 사유와 느낌의 방식들은 우리가 흔히 인간 존재의 무한한 갈망이라는 것과 동떨어져 있지 않다. 그것은 우리의 본래 모습인 초월적 자유를 발견하는 과정이다. 일상적 현실 속에서 갈구하는 사랑이라는 표면적인 모습에도 불구하고 시인은 사랑의 진리를 찾아가려는 시적 탐구를 보여준다.

스산히
바람 불면

---

15   신웅순, 『서천 촌놈 이야기』, 장수출판사, 2015, 167쪽.

강을
건너고

우수수
낙엽 지면
산을
넘었었지

가슴에
달 뜨고부터는
결국 길
잃고 말았지

— 「내 사랑은 · 9」[16] 전문

인용시에서 처음 발견되는 것은 정도를 넘지 않는 절제와 균형의 형식이다. 이 시는 여백에 의해 의미가 구축되고 있다. "스산히/바람 불면/강을/건너"는 것, "우수수/낙엽 지면/산을/넘"는 것은 시적 주체가 주변의 힘에 민감하게 반응, 이동하고 있는 것을 의미한다. 그런데 "가슴에/달 뜨"면 "길을/잃"는 것은 시적 주체 내부의 힘에 의한 내부의 움직임이다. 외부의 힘이 시적 주체에게 영향을 미치는 것이 그의 의식이 분열되는 모습이라면, 내부에서 내부의 힘이 미치는 것은 그가 강력한 무엇인가에 떠밀려 심리적 변화가 생겼음을 의미

---

16 신용순, 『누군가를 사랑하면 일생 섬이 된다』, 푸른사상사, 2008. 본고에서 인용할 모든 시는 이 책의 표기를 따른다.

한다. 불다, 건너다, 지다, 넘다, 뜨다, 잃다 등의 동사는 시적 주체의 심리 변화 양태들을 나타낸다. 심연에 달이 떠서 시적 주체가 길을 잃을 만큼인 이것은 어떤 '돌연성'에 의한 자아의 행로 이탈을 의미한다. 그만큼 '달'은 그의 감정을 고양시키고, 교란시키는 원인으로 드러난다. 이것은 "힘의 반작용, 자아 확장의 돌연한 용출이자 혹은 순간적 비상"[17]에 의해 숭고의 근거가 된다.

기어이
불혹 끝에서
파도가
이는구나

한 마디
말도 못하고
파도가
이는구나

그게 다
망초꽃인 줄
아는 이
하나 없구나

— 「내 사랑은 · 41」 전문

---

17   장파(張法), 앞의 책, 215쪽.

"기어이"란 말은 '바로 그 순간의 붙들림'이라는 의미가 있다. 이 붙들림에는 "지금 여기에서 무언가가 일어난다"[18]로서 존재하는 그 무엇이란 뜻이 들어 있다. "불혹"의 화자를 향해 "파도"로 이는, 파도로 일어도 화자는 한마디 말도 못 하게 하는 그 무엇이다. 이 파도는 "폭풍우가 이는 바람처럼 우리의 내면을 고조시키는 것"[19]이라는 숭고의 의미를 내재한다. 주체, 즉 시적 화자는 이 숭고한 제재들을 중심으로 맴돈다. 그런데 시적 화자에게 위력을 가하는 이 파도는 "망초꽃"으로 치환되는데 서로 등가의 의미를 지닌다. '파도'와 '망초꽃'이라는 이질적인 이미지를 제시, 격정과 아름다움을 지닌 외부의 힘이 화자의 내면을 뒤흔들어 어지럽게 하고 있음을 드러낸다. 시적 화자가 처한 상황이 사회적 상황이라는 관점에서 보면 화자는 거칠고 광포하고 매혹적인 그러면서 어떤 필연적인 계기로 인해 극심한 심리적 불안을 겪는 모습을 보인다.

나에겐
가을과 겨울만이
오고 갈 뿐

늦가을
바지랑대
낮달 하나

---

18   장 프랑소아 리오타르, 『포스트 모던의 조건』, 유정완 역, 민음사, 1992, 209쪽.

19   진중권, 『현대 미학 강의』, 아트북스, 2003, 235쪽.

걸려 있네

수신이
되지 않는 날은
새가 되어
날아가고

— 「내 사랑은 · 35」 전문

이 한 편의 시에는 「내 사랑은 · 9」와 「내 사랑은 · 41」의 '돌
연함'과 '느닷없음'으로 촉발되었던 '사랑'의 의식이 압축되어
있다. 황량한 늦가을 풍경과 "바지랑대", "낮달", "새"는 이 시
의 중요 모티프이다. 바지랑대는 시적 화자의 모습이면서 우
주수(宇宙樹)로서의 의미를 지닌다. 이 시의 낮달은 구체적인
'사랑'의 객관적 상관물이며 새는 시적 화자의 지금 이 순간의
심리를 나타낸다. 시적 화자는 자신의 지금 이 순간의 내면을
"가을과 겨울만"이 오가게 한다고 함으로써 그 쓸쓸하고 황량
한 내면에 회화의 이미지를 부여한다. 바지랑대에 걸린 '달'은
시적 화자가 달에 향하고 있는 지금 이 순간의 갈망이다. 그
갈망은 화자의 숨을 멎게 하고, 피를 얼어붙게 하며, 몸을 돌
처럼 굳어버리게 하는 무엇이다. "다른 어느 때가 아닌 바로
이 순간에 일어나고 있는, 존재하는"[20] 시적 화자의 '달'을 향
한 사랑의 의식이다. 이것은 "표면적 풍경이 암시하는 바와는
정반대로, 그 대상이 보여질 수 없는 어떤 것, 혹은 재현될 수

---

20   진중권, 앞의 책, 243쪽.

없는 것을 암시하는 것"[21]이다. 겉으로 표현할 수 없는, 재현될 수 없는 '사랑'에 대한 감정이 새가 되어 날아가는 것이다. 시는 새가 높이 날아가는 아득한 하늘이 그 사랑의 무한 크기임을 보여준다.

지난 날엔
달빛이
창가를 다녀가더니

오늘은
영혼에까지
가을볕이
들어와

내 사랑
뜨겁게 적시곤
서럽게도
타는구나

—「내 사랑은 · 49」 전문

---

21 장 프랑소아 리오타르, 앞의 책, 203~204쪽 참조. 장 프랑소아 리오타르는 숭엄한 감정은 '지금 여기'가 암시하는 바와는 정반대로 그 대상이 보여질 수 없는 어떤 것과 재현될 수 없는 것임을 암시한다고 하였다. 그것은 의식으로 파악될 수 없는 것이며 또한 의식에 의해 구성될 수 있는 것도 아니다. 심지어 의식이 그 자신을 구성하기 위해서는 망각해버려야 하는 어떤 것이다. 우리가 규정할 수 없는 것은 무언가가 일어나고 있다는 것이다.

시 「내 사랑은 · 49」에서 "달빛"과 "가을볕"은 시적 화자가 사랑하는 '사랑'의 주체이다. '달빛'과 '가을볕', 즉 '밤/낮'의 대립은 '차다/뜨겁다'의 대립으로 변용되어 있다. 그러나 이 '달빛'과 '가을볕'은 '빛'이라는 동질성에서 서로 등가의 의미를 지닌다. '나'가 '빛'과 만나는 순간에 발견하는 것은 점점 커지는 '사랑'의 크기이다. 이러한 '사랑'은 일방적인 것이어서 열정적이고, 도취적인 동시에 파괴적인 양상을 띤다. 이때 '사랑'의 "서럽게/타"는 강력한 속성은 '내 사랑'을 점화하고 고통에 이르게 하는 전략적 성격을 갖는다. 그런 의미에서 달빛과 가을볕은 '나'에게 출현해 "고통을 격발시키는 외적 사물"[22]이다. 그것은 숭고함의 알레고리이자 시학적 알레고리가 된다.

이상에서 살펴본 것처럼 신웅순의 시에서 '사랑'은 시적 주체가 길을 잃을 만큼인 어떤 돌연성에 의해 출현한다. 이것은 그의 자아를 고양시키고 교란시키는 원인이 되며, 숭고의 근거가 된다. 또한 이 '사랑'은 바로 그 순간의 '붙들림'으로서 존재한다. 격정의 '사랑'을 '파도'와 '망초꽃'이라는 이질적 이미지로 제시, 시적 화자의 극심한 심리적 불안을 나타낸다. 바지랑대에 걸린 '달'을 통해 사랑하는 이에게 가기를 열망하는 모습을 숭고의 시선으로 포착하고 있다. 이렇게 '사랑'은 '달빛'과 '가을볕'이며 이 '빛' 속에서 발견하는 것은 점점 커지는 사랑의 크기이다. 이것은 숭고함의 알레고리이자 시학적 알레고리가 된다.

---

22 장파(張法), 앞의 책, 205쪽.

3. 고통과 쾌락 사이를 부유하는 숭고

버크(Edmund Burke)는 미와 숭고가 서로 다른 경험에서 유래하는 상이한 범주라는 것을 명백히 한다. 미는 질서와 조화 그리고 명료함 등을 속성으로 하는 대상에서 경험되지만 숭고는 그 정반대의 속성, 즉 무질서하고 형식이 없으며 불명료한 대상들에 의해 촉발되는 강렬한 감정이라는 것이다. 이 강렬한 감정에는 고통과 쾌락이 하나로 결합되어 있으며 이 양가성(Ambivalenz)이 숭고의 근본 특징이라고 규정한다.[23] 버크는 숭고와 관련한 감각을 두 가지로 구분한다. 하나는 '절대적 쾌(快)'이고, 다른 하나는 '고통의 제거 또는 감소'이다. 버크는 고통의 제거나 감소를 '환희(Delight)'라고 한다. 이 숭고의 근원은 우리의 영혼이 느낄 수 있는 가장 강한 감정을 생산해 내는 것이다. 고통과 공포는 그것이 실제로 해가 되지 않는 한 숭고의 원인이 될 수 있다.[24]

신웅순의 '사랑'의 시세계는 버크가 제시한 '숭고'처럼 공포와 쾌락이 혼재된 세계이다. "번개에 얻어맞은 것 같은 경험"[25]

---

23 안성찬, 앞의 책, 65쪽.

24 이정재, 「근대 이후 숭고미의 역사적 전개」, 원광대학교 대학원 박사 학위 논문, 2013, 13~14쪽.

25 미셸 투르니에, 『상상력을 자극하는 시간』, 김정란 역, 예담, 2011, 20~21쪽 참조. 미셸 투르니에는 사랑의 격정은 사랑하는 대상의 어리석음, 비겁함, 천박함 따위엔 관심이 없다고 진술한다. 그는 이 격정의 사랑 이후엔 이혼하는 일만 남았다고 정의한다. 이 광기의 사랑은 성실한 사랑마저도 이 일시적인 현기증의 영향을 받는다고 하고 있다.

으로 시작되는 '충동과 충돌의 세계이다. '사랑'을 향한 두려움과 매혹의 의식이 순환, 반복되어 나타나고 있다. '사랑'의 고통에 견딜 수 없을 것 같으면서도 때론 그 '사랑'에 현혹되고 미혹되는 사유로 나타난다.

> 첩첩 잠근
> 하얀 갈증
> 산 하나 앓고 있다
>
> 아침 햇살 산마루에
> 흰 구름 서성대는
>
> 사십의
> 터엉 빈 하늘
> 부욱
> 찢어가는 그대
>
> ― 「내 사랑은 · 5」 전문

인용시에서 "산"은 시적 화자의 "하얀 갈증"을 표상한다. 갈증은 "첩첩 잠근" 상태여서 그리고 하얀색이어서 '사랑'에 의한 파괴적인 고통이 암시되어 있다. 이것은 자크 라캉(Jacques Lacan)의 "인간의 기본 욕구 너머의 충족될 수 없는 어떤 것"[26]을 가리키는 욕망과도 같다. 이 욕망은 본질적으로 시적 화자의 결여와 관계되는 어떤 것이다. 때문에 '산'은 상징적 사회

---

26 숀 호머, 『라캉 읽기』, 김서영 역, 은행나무, 2007, 136~137쪽 참조.

질서 안에서 기표로서 그 위치를 확보하고 있는 욕망의 실체
이다.

"사십의 터엉 빈 하늘/부욱/찢어가는 그대"라는 진술에서
시적 화자가 욕망하는 '사랑'의 대상이 드러난다. '그대'는 시
적 화자의 사십 대를 황폐하게 하는 '사랑'의 대상이다. 이렇
게 '그대'는 '그대'를 사랑하고 있는 시적 화자를 고립시키고,
고통스럽게 한다. "빈 하늘"은 시적 화자의 모든 자아를 뒤흔
드는 지진이며 계시가 되는 상징적인 사랑의 크기이다. 이것
을 '부욱 찢어간다'고 함으로써 '사랑'으로 인해 촉발된 시적
화자의 몹시 괴롭고 아픈 고통의 심리를 보여준다. "흰 구름"
은 '그대'를 대신하는 기표이다. 그런데 여기에서 주목할 점
은 '구름'이라는 기호이다. 순수 순결, 성스러움을 상징하는
흰색[27]의 구름은 물과 관계되기 때문에 풍요, 비옥, 다산(多産)
을 상징하면서 "신의 나타남"[28]을 뜻한다. 말하자면 이 시에서
'흰 구름'은 시적 화자의 뮤즈이자 어머니로 인식된다. 또한
이 구름은 사라진다는 점에서 공허, 무상, 허무, 다가가지 못
함을 나타낸다. 그만큼 시적 화자가 느끼는 '그대'는 심리적으
로 그와 많이 떨어져 있다.

그런데 "아침 햇살 산마루에/흰 구름 서성대"고 있다는 진
술에는 '사랑'은 고통스럽지만 고통스럽지 않다는 아이러니한
고백이 들어 있다. '아침', '햇살', '산마루'에서 그 근거를 찾을

---

27   미란다 브루스 미트포트 · 필립 윌킨스, 『기호와 상징』, 주민아 역,
      21세기북스, 2010, 283쪽.
28   이승훈, 『문학으로 읽는 문화상징사전』, 푸른사상사, 2009, 70쪽.

수 있다. '아침'은 시작, 기대, 열정을 의미하며, '햇살'은 희망, 기쁨. 젊음이란 의미가 내재하여 있다. '산마루'는 산등성이의 가장 높은 곳인데 이 높이로 하여 이곳은 신성하고, 초월적이며, 순수한 공간으로 인식된다. 이를테면 시적 화자는 그가 사랑하는 '그대'를 아침 햇살 가득한 높은 산마루에 데려다 놓음으로써 자신이 사랑하는 '그대'에 대한 긍정의 심리를 드러내고 있다. 또한 이 '흰 구름'이 서성대고 있는 것으로 하여 '그대'를 향하는 시적 화자의 의식이 여전히 현재 진행형임을 보여준다.

이 시에 제시된 '사랑'은 시적 화자를 "약간의 공포가 수반되고 우리의 마음이 그 대상에 완전히 사로잡혀서 어떤 생각도 못 하고 그 대상에 대하여 그 어떠한 이성적인 사고를 할 수 없는 상태"[29]에 놓이게 한다. 그러나 그는 '사랑'의 고통 속에 있으면서도 동시에 그 '고통'을 기꺼이 감내하고 있는 모습을 보여준다. 이 '사랑'은 시적 화자에게 고통과 쾌감을 함께 부여하는 숭고의 본질과 연관된다.

> 파도가
> 이는 날은
> 둥근 달이
> 떠올랐지

---

29 이정재, 앞의 책, 14쪽 참조. 버크는 이러한 상태에서 우리는 숭고의 힘을 느끼게 된다고 한다. 그에 의하면 숭고는 이성적 추론으로 생겨나는 것이 아니고 도리어 우리가 저항할 수 없을 때 우리 안에서 생성되는 것이다.

바람이
부는 날은
목선 하나
떴었지

그대가
보고 싶은 날은
동백 붉게
터졌었지

—「내 사랑은 · 39」 전문

함박눈 때문에
인생은
굽을 틀고

늘 거기
섬이 있어
사랑은 출렁이나

울음 섞인 내 나이
해당화로 터지고

—「내 사랑은 · 1」 전문

　시 「내 사랑은 · 39」의 "둥근 달"과 시 「내 사랑은 · 1」의 "함박눈"은 시적 화자가 사랑하는 사랑의 주체이다. '둥근 달'과 '함박눈'에서 '둥글다'와 '함박'은 시적 화자가 사랑하는 사람을 향해 있는 사랑의 의식이다. 사랑의 꽉 찬 기표이다. 그리고 시 「내 사랑은 · 39」의 '목선'과 시 「내 사랑은 · 1」의 '섬'은 시적 화자를 표상하고 있다. 위 시들에서 '달'과 '함박눈'은 '목선'과 '섬'으로 수직적으로 이항대립하고 있다. 이러한 대립이 시적 화자의 다가가지 못하는 상실을 드러낸다. 가까이 다가가고 싶지만 그 사랑의 거리가 너무 먼 탓에 사랑하는 사람을 향한 사랑의 욕망만 치열할 뿐이다. 그런데 '뜨다'와 '출렁이다'의 동사는 시적 화자가 사랑하는 사람에 대한 사랑이 여전히 현재 진행형임을 나타낸다. 이 시에서 암시되어 있는 '바다'는 시적 화자인 '목선'과 '섬'이 의식하고 있는 거대하고 무한한 사랑의 크기이자 상실과 억압의 크기이다. 그만큼 시적 화자는 사랑 때문에 고통을 겪고 있음을 나타낸다.

시 「내 사랑은 · 39」의 '동백꽃', 시 「내 사랑은 · 1」의 '해당화'는 '꽃'이라는 점에서 여성을 상징한다. 모두 붉은색을 띠고 있으므로 생명, 심장, 격정, 열정, 욕망, 광기, 불, 공포, 전쟁 등을 상징한다. 이 꽃들은 의식적으로 제어할 수 없는 광포한 사랑으로 인해 고통스러운 심리를 대변한다. 그런데 이들 시에서 시적 화자는 자신에게 심리적 고통을 겪게 하고 있는 사랑하는 사람을 향한 마음을 '꽃'으로 지칭하고 있으므로 이 사랑을 향한 시적 화자의 의식 역시 공포와 쾌락의 의미가 내재하여 있다. 그리하여 "쾌락과 공포가 기이하게 뒤섞여 있는 현기증 나는 불균형 상태에 데려다 놓는 숭고"[30]의 근거가 된다.

---

30 미셸 투르니에, 앞의 책, 148쪽.

그리움의
기슭은
너무나도 차갑다

졸지
않으려고
얼지
않으려고

물 가득
연못에 담고
밤마다
철석거린다

— 「내 사랑은 · 14」 전문

이렇게 "졸지/않으려고"와 "얼지/않으려고" 하는 행위는 자아를 그리움의 심연으로 데려가 그 상태를 계속 지속시키고자 하는 시적 화자의 심리이다. 즉 깨어 있기 위해서, 죽지 않으려는 시도이다. '사랑'을 향한 고통스러운 자아 싸움을 그리고 있다. 이 어법은 앞의 시(詩)들보다 더 파괴적이고 더 공격적이다. '사랑'을 향한 감정이 죽을 만큼 괴롭고 고통스러운 것임을 나타낸다. 이 시는 "연못"에 스스로 물을 채워 넣음으로써 '사랑'의 고통을 향유하고 있는, 향유하고자 하는 심리를 드러낸다. "철석거리다"의 동사는 그 운동성으로 하여 '사랑'의 주체, 즉 사랑하는 사람을 향해 있는 시적 화자의 강렬한 사랑이 여전히 진행 중임을 드러낸다. 사랑하는 사람을 향한 고통과 쾌(快)의 의식이다. 마지막 행의 '철석거림'은 사랑'을 향한 열광과 열정의 감정이다. 이것은 성애적 욕구를 내재한 의식의 충동이자 충돌이기도 하다. 이 "사랑의 힘은 죽음보다 커서, 고통에서 벗어나려는 본능을 압도"[31]하는 숭고에 연계된다.

살펴본 것처럼 신웅순 시에서 '사랑'은 인간의 기본 욕구 너머의 충족될 수 없는 어떤 '갈증'으로 나타난다. 그러나 "아침 햇살 산마루에 흰 구름 서성대"고 있다는 진술 속에서 '사랑'은 고통스럽지만 고통스럽지 않다는 아이러니한 이중적 내면을 드러낸다. 시 「내 사랑은 · 39」의 '동백꽃'과 시 「내 사랑은 · 1」의 '해당화'는 의식적으로 제어할 수 없는 광포한 '사랑'의 이미지이다. 시적 주체를 고통스럽게 하는 '사랑'을 꽃으로 지칭하고 있으므로 사랑은 고통이면서 기쁨이라는 이중적 의식을 드러낸다. 시적 주체는 '연못'에 스스로 물을 채워 넣는 행위를 통해 사랑을 향한 감정은 죽을 만큼 괴롭고 고통스러운 것임을 드러낸다. 시 속에서 "철석거림"은 사랑을 향한 열광과 열정의 감정이며 성애적 욕구를 내재한 의식의 충동이자 충돌로 나타난다. 결국 이 '사랑'은 고통과 쾌락 사이를 오가는 숭고에 연계된다.

4. 초월과 합일의 숭고

줄리아 크리스테바(Julia Kristeva)는 '글쓰기'에 대해 다음과 같이 밝히고 있다.

---

31   장파(張法), 앞의 책, 214쪽.

글쓰기는 언어의 범주 안에서 절대로 언어화되지 않은 초언어적인 의미를 암시한다. 간단히 말해서 글쓰기를 언어의 본질 속에서 찾지 말라는 뜻이다. 글쓰기는 언어적 즉각성에서 주어지는 것이 아니다. 글쓰기는 즉각성을 벗어나서, 기호 그리고 나아가 명명된 것의 외관을 벗어나 해석해야 한다. 글쓰기는 의미가 고갈되지 않는 것이며, 오직 끝없는 해석으로만 이해할 수 있다.[32]

줄리아 크리스테바의 분석처럼 신웅순의 시를 언어의 범주 안에서 해석하면 자칫 그 본의를 놓칠 수 있다. 그의 시에서 발견되는 특징 중의 하나는 '기호'를 통해 축조한 시의식이다. 그의 시의 기호는 "기표가 계기가 되어 기의들을 찾는 과정"[33]이다. 그의 시는 표면에 파도, 섬, 빈 배, 하늘 등의 풍경 이미지를 배치, 그 풍경에 대해 이야기를 하고 있지만 기표를 해석하지 않으면 시의 의미를 찾아내기란 쉽지 않다. 이것은 시인이 4음보격 구조로 이루어진 가장 정제된 시조의 형식과 문장을 놓치지 않으면서 시 속에 시의 다의성을 추구하려는 고도의 시적 전략이다.

신웅순이 '사랑'의 숭고를 통해 드러내고자 하는 것은 인간의 초월 심리이다. 시인은 자신의 한계나 절망을 뛰어넘음으로써 인간만의 존재 방식인 '변화'를 모색한다. 그것은 시인을

---

32 줄리아 크리스테바, 『반항의 의미와 무의미』, 유복렬 역, 1998, 408쪽.

33 김경용, 『기호학이란 무엇인가』, 민음사, 2002, 125쪽.

새로이 창조하게 하고 세계와의 합일을 시도하려는 의식이다.

아마도
저
수평선였는지
몰라

그래서
더욱 서럽고
그래서
더욱 절절한

한 척 배
세월의 끝에
매어 있는지
몰라

—「내 사랑은 · 15」 전문

신웅순의 시에는 파도, 바다, 섬, 배, 하늘 등의 바다 이미지
가 많다. 이것은 시인의 고향인 서천(舒川)의 바닷가 이미지가
투영된 것이기도 하지만 '바다'가 상징하고 있는 모성의 이미
지와 연관되어 있다. 즉 시인의 '사랑'의 연작시 속 바다 이미
지는 모든 생명이 탄생하였던 어머니 품으로 돌아가고자 하
는 존재의 회귀 의식으로 이해할 수 있다.

이 시에서 "수평선"은 '사랑'의 주체인 '너'와 '나'의 심리적
거리를 나타낸다. 그만큼 '사랑'의 주체인 '너'는 '나'와 멀리

떨어져 있다. 폭풍우처럼 몰아치던 '사랑'의 광기를 이제 멀리 바라볼 수 있게 되었다. 사랑의 고통과 압박에서 벗어나 '나'는 이제 일정한 거리를 두고 바라볼 수 있게 된 것이다. 이 거리가 의미하는 것은 '사랑'에 초연해진 자아의 일정한 '거리 두기'[34]를 의미한다. 이 시에서 '배(船)'는 시적 화자를 의미한다. '나'가 '사랑'의 열정을 수평선 너머에 위치시키는 것은 광기의 '사랑'을 욕망하던 현실 세계가 아닌 자신을 관조해보는 세계에 가 있는 내면이다.

> 참으로
> 비가 많고
> 눈이 많은
> 사십에
>
> 참으로
> 산이 높고
> 강이 깊은
> 사십에
>
> 그 누가

---

34 장파(張法), 앞의 책, 205~206쪽. 버크는 심리적 차원에서 숭고를 유쾌한 감정(delight)으로의 전이라고 규정한다. 그는 위험이나 고통의 압박이 너무 가까이 있을 때는 어떤 유쾌한 감정도 생기지 않는다고 본다. 하지만 일정한 거리를 두고 있을 때에는 어느 정도 시간을 두고 이해할 수 있기 때문에 그것은 유쾌함의 대상이 될 수 있다고 하고 있다.

맨 나중에 와

등불 하나

걸고 갔나

— 「내 사랑은 · 31」 전문

"비"와 "눈"은 사적 화자에게 찾아왔던 자신의 "사십"대 때
'사랑'의 열병을 암시한다. 그 '사랑'의 크기는 "산"과 "강"의 이
항대립을 통해 구축된다. '많다', '높다', '깊다'의 서술어는 시
적 화자의 그간의 '사랑'의 고통이 암시되어 있다. 그런데 "등
불 하나/걸"고 있는 것은 '사랑'의 고통을 극복한 모습이다. 이
를테면 '등불을 거는 것'은 시적 화자가 현실 세계를 벗어나
'안으로 밝아오는 세계[35]를 구축하고 있는 모습인 것이다. '사
랑'은 그에게 큰 고통을 주었지만 그것을 극복, 이성적 · 정신
적으로 거듭난다는 점에서 칸트의 숭고[36]에 연계된다.

---

35 이승훈, 앞의 책 170쪽.

36 『판단력 비판』에서 칸트는 숭고란 매우 강력한 위력을 지닌 자연 대
   상(혹은 현상)에 비하면 자연적 존재로서의 자신의 저항력이 무력하
   다는 감정(불쾌=공포)에서 그러한 자연의 강력한 위력마저 극복하
   고 있는 또 다른 자신, 즉 이성적 · 정신적 존재자로서의 자신을 발
   견하고, 그런 자신이 오히려 고양됨을 느끼는 감정(쾌감=안도감)으
   로 전환됨으로써 성립한다. 임마누엘 칸트, 앞의 책, 167쪽.
     이정재는 칸트의 숭고에 대해 다음과 같이 설명한다. 지극히 높은
   산봉우리와 소용돌이치는 안개, 그 가운데 홀로 서 있는 인간은 자
   연의 광대함에 위축된다고 본다. 이러한 그림들은 칸트가 설명하고
   자 했던 숭고의 시각적 표현이다. 여기서 칸트는 숭고에 대해 예전
   과 같이 하늘, 신, 태양, 사막 등의 대상이 아닌 인간 주체를 문제 삼
   는다. 즉 주체는 자신 속에서 숭고함을 발견하는 것이다. 이정재, 앞
   의 책, 22쪽 참조.

누군가를
사랑하면
일생
섬이 된다

유난히
파도가 많고
유난히
바람이 많은 섬

그래서
가슴에는 평생
등불이 걸려 있다

— 「내 사랑은 · 47」 전문

    이 시에서 "섬"은 시적 화자인 '나'이다. '나'가 '섬'이 된 이
유는 "누군가를/사랑"했기 때문이다. '나'는 "일생/섬"이 되고
있으므로 이후로 '나'는 그 모습이 바뀌지 않을 것이다. 여전
히 "파도"와 "바람'으로 부는 '사랑'의 감정을 두고서 심리적
평정을 유지하고 있는 이러한 진술은 시적 화자의 자기 초월
의 모습이다. 하이데거(Martin Heidegger)는 "초월은 주체를 어
떤 내적 공간에 당분간 가두어두었던 경계를 넘어서는 것을
의미하지 않는다. 오히려 넘어서게 되는 것은 특히나 주체의
초월을 근거로 주체에게 개방될 수 있는 존재자 자체이다."[37]

37　손영삼, 「하이데거에 있어서 존재와 초월에 관한 연구」, 부산대학교

라고 한다. 이 시에서 '나'는 정신이라는 내면적 영역을 초월하고 있음을 보여준다. 현존재가 존재자 이전의 존재로 초월하고 있다. 이것에서 장파(張法)가 자신의 저서『동양과 서양, 그리고 미학』에서 언급하고 있는 숭고론을 살필 수 있다.[38]

이 시에서 주목할 것은 "등불"의 의미이다. '나'는 내면적 영역을 초월하여 '사랑'의 열정에서 벗어났지만 여전히 가슴속에 "등불"을 걸어놓았다. 바슐라르(Gaston Bachelard)에 의하면 이 '등불'은 "훔치는 것"[39]이라는 의미가 있다. '불'이 간직하고 있는 열은 하나의 재산이며 소유의 의미를 지니고 있다. 그래서 '나'가 걸어두는 등불은 사랑하는 사람을 자신의 심연 속으로 훔쳐오는 것을 의미한다. 그리고 이 불은 '침투'의 의미도 지니고 있으므로 그 사랑에 여전히 스며들고자 하는 욕구도 내재해 있다. 이때 '불'은 그것이 타고 있어서 섹슈얼리티(sexuality)와 연관된다. 또한 '등불'의 따스함은 애틋한 사랑의 기억이라는 의미도 지니고 있다. 그래서 이 내밀한 빛은

대학원 박사학위 논문, 2000, 49쪽.

38 장파(張法), 앞의 책, 202쪽. 장파는 자신의 저서『동양과 서양, 그리고 미학』에서 숭고론에 대해 다음과 같이 밝히고 있다. "숭고론이 설명해야 할 것은 인간의 초월심리이다. 그것은 초월의 과정, 즉 초월이 어떻게 발생 · 발전 · 완성되는가를 설명해야 한다. 그래서 숭고론의 기본 전제는 "① 자아라는 존재는 일반적 상황에 있다. ② 자극물이 등장하면서 자아는 자신이 왜소함을 느끼게 된다. ③ 이에 자아는 위대한 무엇인가의 도움을 구하게 되고, 그로 인해 자아는 왜소함을 넘어 숭고의 경지에 이르게 된다. 숭고론의 변천은 바로 '자극물과 위대한 그 무엇' 사이의 변화로 이루어진다. 인류의 진보는 언제나 초월을 동반한 것이었다."

39 가스통 바슐라르,『불의 정신분석』, 김병욱 역, 이학사, 2007, 74쪽.

존재를 행복의 감정에 휩싸이게 한다. 이렇게 '나'는 가슴속에 '등불'을 걸어두면서 자신의 삶을 재정립한다.

> 강이 있어 꽃은 붉게 피는 것이다
> 산이 있어 꽃은 붉게 타는 것이다
> 그리운 사람이 있어 꽃은 붉게 지는 것이다
>
> —「내 사랑은·34」전문

이 시는 시인이 시조 형식으로 즐겨 취하던, 시조 음보(音步)를 의미 단위로 하여 세로의 연(聯)으로 나누던 형식에서 벗어나 초·중·종장의 각 장(章)을 가로로 배치한 독특한 시 구조를 보여주고 있다. 이러한 시 구조는 강력한 메시지를 담기 위한 시인의 의도적인 시적 전략이다. 그간의 시인의 '사랑' 연작시를 통해 유추할 수 있는 것은 "강"은 시적 화자가 사랑했던 '사랑'의 주체이다. "산"은 시적 화자이다. 이 시에서 '꽃이 붉다'의 의미는 시적 화자 자신의 '사랑'을 향한 숭배와 경배의 의식이 들어 있다. 그만큼 시인이 추구했던 '사랑'은 고귀하고 격정적이었고 파괴적이었고 공격적이었으며 또한 아름다웠음을 고백하고 있다. 그런데 '피다', '타다', '지다'의 동사는 '꽃의 한 주기'라는 의미를 내재하고 있다. 이러한 서사구조에서 살필 수 있는 것은 '사랑'의 발생·발전·완성의 모습이다. 사랑의 시작과 끝이 서로 이어져 있음을 암시한다. 이것은 숭고의 "모든 장애와 한계를 제거·초월하려는 감각"[40]이며 자연 합일의 관점과 연계된다. 정리하자면 이 시는

---

40 장파(張法), 앞의 책, 215쪽.

'사랑'이란 우리 인간을 초월하게 하는 것이며 그것은 인간 삶의 결핍이 아니라 반대로 삶을 완성하는 것임을 이야기하고 있다. '사랑'은 앞으로 나아가는 것, 낯선 것을 향해 전진하는 것이며 이것은 결국 우리가 우리 자신을 만나러 가는 것임을 이야기하고 있다.

이상에서 살펴본 것처럼 시적 주체가 수평선과 배(船)를 통해 드러내는 것은 '사랑'에 초연해진 자아의 일정한 '거리두기'를 의미한다. 그가 '사랑'의 열정을 수평선 너머에 위치시키는 것은 광기의 '사랑'을 욕망하던 현실 세계가 아닌 자신을 관조해보는 세계에 가 있는 심연을 보여준다. 그에게 '사랑'은 큰 고통을 주었지만 그것을 극복, 이성적 · 정신적으로 거듭난다는 점에서 칸트의 숭고에 연계된다. 또한 '사랑'의 감정을 두고서 심리적 평정을 유지하고 있는 모습은 시적 화자의 초월의식으로 나타난다. 시 「내 사랑은 · 34」의 서사 구조는 '사랑'의 발생 · 발전 · 완성의 모습을 보여준다. 사랑의 시작과 끝이 서로 이어져 있음을 암시한다. 이것은 모든 장애와 한계를 제거 · 초월하려는 감각이어서 숭고와 자연 합일의 의식과 결합한다.

5. 결론

이상에서 신웅순 시조집 『누군가를 사랑하면 일생 섬이 된다』의 시세계를 숭고의 이론으로 고찰하여 살펴보았다. 시집 한 권을 '사랑'의 연작으로 발표한 점을 고려하여 '사랑의 시학'으로 접근하였다.

먼저 '우연, 그 사랑의 숭고'에 대한 논의를 요약하면 다음과 같다.

신웅순의 시에서 '사랑'은 시적 주체가 길을 잃을 만큼인 어떤 돌연성에 의해 출현한다. 이것은 그의 자아를 고양시키고 교란시키는 원인이 되며, 숭고의 근거가 된다. 시에서 '사랑'의 숭고는 '바로 그 순간의 붙들림'으로서 존재한다. '파도'와 '망초꽃'이라는 이질적인 이미지를 제시, 격정과 아름다움을 지닌 외부의 힘이 시적 주체의 내면을 뒤흔들어 어지럽게 하기도 한다. 바지랑대에 걸린 '달'을 통해 사랑하는 이에게 가기를 열망하는 모습이기도 하다. 이렇게 '사랑'의 숭고는 '달빛'과 '가을볕'이며 이 '빛' 속에서 발견하는 것은 점점 커지는 사랑의 크기이다.

다음으로 '고통과 쾌락 사이를 부유하는 숭고'를 요약하면 다음과 같다.

신웅순 시에서 '사랑'의 숭고는 인간의 기본 욕구 너머의 충족될 수 없는 어떤 '갈증'으로 나타난다. "아침 햇살 산마루에 흰 구름 서성대"고 있다는 진술 속에서, '사랑'은 고통스럽지만 고통스럽지 않다는 아이러니한 이중적 의식 속에서 찾을 수 있다. 또한 시인의 시에서 숭고는 '동백꽃'과 '해당화' 같은 꽃 이미지를 통해 구현된다. 시적 주체가 '연못'에 스스로 물을 채워 넣는 행위를 통해 그 의식을 드러내기도 한다. 시 속 '연못'의 '철석거림'은 사랑을 향한 열광과 열정의 감정이며 성애적 욕구를 내재한 의식의 충동이자 충돌로 나타난다. 때문에 이러한 '사랑'은 고통과 쾌락 사이를 오가는 숭고에 연계된다.

다음으로 '초월과 합일의 숭고'를 요약하면 다음과 같다.

신웅순의 시에서 '사랑'의 숭고는 수평선과 배(船)의 거리를 통해 형성된다. '사랑'이라는 감정에 초연해진 시적 주체의 일정한 '거리두기'이다. 이것은 시적 주체가 '사랑'을 욕망하던 현실 세계가 아닌 자신을 관조해보는 세계에 가 있는 의식이기도 하다. 시에 제시된 '사랑'은 큰 고통을 주었지만 그것을 극복, 이성적·정신적으로 다시 태어난다는 점에서 칸트의 숭고에 연계된다. 시에서 '사랑'의 숭고는 '사랑'의 감정을 두고서 심리적 평정을 유지하고 있는 존재의 초월을 통해서도 나타난다. 한편 시 「내 사랑은·34」의 서사 구조는 '사랑'의 발생, 발전과 완성의 모습이다. 사랑의 시작과 끝이 서로 이어져 있음을 암시한다. 이것은 모든 장애와 한계를 제거·초월하려는 감각이어서 숭고와 자연 합일의 의식과 결합한다.

신웅순 시조의 특징은 시의 형식으로 시조를 형상화하고 있다는 점이다. 이것은 시조의 절제미와 균제미를 지향하면서 그 형식적 변주를 통해 현대성을 모색하는 방법이다. 이러한 형식의 추구를 통해 시인은 시조 최고의 미적 쾌감을 향유하고자 한다. 한편 시인의 시조에서 발견되는 것은 여러 상징적 기호를 통해 시의 다의성을 시도하고 있다는 점이다. 이것은 시조라는 정형의 틀 안에서 더욱 다양한 의미를 시에 담고자 하는 방법으로 인식된다.

신웅순 시에 나타난 또 다른 시의 특성은 사랑하는 사람을 향해 있는 시의 언술이다. 시인은 '사랑'의 연작(聯作)을 통해 끊임없이 여인을 향한 사랑을 간구하지만 늘 일방적이다. 때문에 이 여인은 실재하는 여성이 아니라 시인에게 영감과 재능을 불어넣는 뮤즈(Muse)로 볼 수 있다. 시는 '사랑'의 숭고를 통해 인간의 근원적 결핍에 대해 묻고 있음도 발견할 수 있는데 앞으로 더 다양한 연구의 모색이 필요하다 하겠다.

　본고는 시조를 통해 '사랑'의 숭고 의식을 살필 수 있었다는 점에서 그 의의를 찾고자 한다. 신웅순 시조에 대한 연구는 많이 있었지만 앞으로 다른 시각의 연구가 계속됨으로써 그의 문학적 위상이 새로이 정립되기를 기대해본다.